TURMA da VILA

Almoço de Domingo

Texto: Anna Claudia Ramos
Ilustrações: Marilia Pirillo

Paulinas

Esta é a turma da vila:

Felipe, Guto, Leo, Nina, Duda e Lulu são as crianças da vila.
Melado, Sanduba, Jujuba e Netuno são os bichos que moram com as crianças.

Dados Internacionais de Catalogação na Publicação (CIP)
Angélica Ilacqua CRB-8/7057

Ramos, Anna Claudia
Almoço de domingo / Anna Claudia Ramos ; ilustrações de Marilia Pirillo. — São Paulo : Paulinas, 2024.
24 p. : il., color. (Coleção Sabor amizade : série Turma da Vila)

ISBN 978-65-5808-301-6

1. Literatura infantojuvenil I. Pirillo, Marilia II. Série

24-4076 CDD 028.5

Índice para catálogo sistemático:
1. Literatura infantojuvenil

1ª edição – 2024

Direção-geral: *Ágda França*
Editora responsável: *Andréia Schweitzer*
Coordenação de revisão: *Marina Mendonça*
Copidesque: *Ana Cecilia Mari*
Revisão: *Sandra Sinzato*
Ilustrações *Marilia Pirillo*
Gerente de produção: *Felício Calegaro Neto*
Produção de arte: *Elaine Alves*

Paulinas
Rua Dona Inácia Uchoa, 62
04110-020 – São Paulo – SP (Brasil)
(11) 2125-3500
editora@paulinas.com.br

Lulu é dona de Sanduba,
que virou seu melhor amigo.

Nina é irmã de Leo e os dois são donos de Netuno.

Duda é filha única
e é dona de Jujuba.

Felipe e Guto são irmãos gêmeos e donos de Melado.

TURMA
da
VILA
Almoço de Domingo

TODO ÚLTIMO DOMINGO DO MÊS É DIA DO FAMOSO ALMOÇO DE DOMINGO NA VILA.

A TURMA FICA
MUITO EMPOLGADA,
PORQUE É O DIA OFICIAL
DAS CRIANÇAS NA COZINHA.

LULU ESTÁ PREPARANDO UMA TORTA DE LEGUMES, RECEITA DE SEU TIO-AVÔ, QUE ADORA FAZER UM PRATO SIMPLES SE TORNAR ESPECIAL.

SANDUBA SEMPRE AJUDA NA COZINHA. DO JEITO DELE, CLARO!

FELIPE E GUTO ESTÃO PREPARANDO QUIBE DE FORNO.

OS MENINOS APRENDERAM
A USAR OS TEMPEROS COM
A VOVÓ VALENTINA.

ELA DIZ QUE O TEMPERO
É QUE DÁ UM SABOR ESPECIAL
PARA A COMIDA.

MELADO JÁ ESTÁ LAMBENDO
OS BIGODES, SÓ DE VER
OS DOIS COZINHANDO.

DUDA ESTÁ FAZENDO A SOBREMESA:
UMA TORTA COM AS BANANAS
QUE VIERAM DO QUINTAL
DE DONA SOFIA.

JUJUBA APROVEITA O DOMINGO DE SOL E CALOR PARA TOMAR BANHO DE MANGUEIRA ANTES DO ALMOÇO.

CHEF

DESTA VEZ, NINA E LEO SE DIVIDIRAM.
NINA ESTÁ FAZENDO UM ARROZ COLORIDO.
LEO ESTÁ INVENTANDO UMA SALADA DELICIOSA.

NETUNO ESTÁ COM UMA CAPA DE SUPERCÃO PARA AJUDAR OS IRMÃOS.

OS PAIS E AS MÃES DAS CRIANÇAS
SEMPRE FICAM POR PERTO,
PARA ACENDER O FORNO
E AJUDAR NO QUE FOR PRECISO.

NA VILA, ADULTOS, CRIANÇAS
E BICHOS FAZEM DE TUDO UM POUCO.

ELES SE DIVIDEM PARA LEVAR MESAS, CADEIRAS,
PRATOS, TALHERES, COPOS E JARRAS
COM SUCOS DE FRUTAS PARA O MEIO DA VILA.
ASSIM, NINGUÉM FICA CANSADO.

A HORA DO ALMOÇO É UMA DELÍCIA.
UMA ALEGRIA SÓ, COM DIREITO
A MUITAS HISTÓRIAS!

QUANDO O ALMOÇO ACABA,
A FARRA CONTINUA, AFINAL,
PARA QUE TUDO DÊ CERTO,
TODOS PRECISAM AJUDAR.

Anna Claudia Ramos

Foto: Octacílio Barbosa

Sou carioca, graduada em Letras pela PUC-Rio, mestre em Ciência da Literatura pela UFRJ, e sócia do Atelier Vila das Artes Produção Editorial. Já fiz muitas coisas nesta vida e, se quiser saber um pouco mais, basta acessar meu site que tem muita história por lá. Mas gosto de dizer que sou feita de histórias.

Desde 1989, sou professora de Oficinas Literárias. Atualmente tenho turmas virtuais! Viajo pelo Brasil afora dando palestras, cursos e oficinas sobre minha experiência com leitura e como escritora e especialista em LIJ.

Resolvi escrever os livros da *Coleção Turma da Vila* porque moro em uma vila de casas e vi uma geração inteirinha de crianças crescerem brincando com seus animais de estimação. Por isso, me inspirei nessas crianças e criei estes livros, onde meninos, meninas, cães e gatos convivem de forma encantadora. E atualmente já temos uma nova geração de crianças e bichos na vila. Novas histórias virão por aí!

annaclaudiaramos.com.br

Marilia Pirillo

Foto: Letícia Spezani

Sou gaúcha de Porto Alegre.
Comecei minha carreira trabalhando com projeto gráfico, editoração e ilustração para publicidade e revistas de atividades para crianças.
Em 1995, ilustrei meus primeiros livros de literatura para crianças e não parei mais: hoje são mais de 80 títulos publicados com minhas ilustrações.
Em 2004, quando mudei para o Rio de Janeiro, comecei a fazer aulas de escrita. Foi em uma oficina de literatura para crianças que conheci Anna Claudia Ramos, que foi mestra e virou amiga e incentivadora da minha carreira de escritora.
As aulas, em pequenos grupos, aconteciam em uma bucólica vila de casas localizada no coração de Copacabana, o Atelier Vila das Artes, que serviu de inspiração para esta coleção.
Também escrevo para crianças e jovens. Tenho 13 livros publicados de minha autoria.
mariliapirillo.com